아무것도

아닌 것에

대하여

아무것도
아닌 것에
대하여 안도현 시집

문학동네

自序

마루 끝에 쪼그리고 앉아 햇볕 쬐다가 깜박 잠이 들 때가 있다. 그러다가 화들짝 깨어났을 때, 마구 무안해지던 느낌. 이 세상의 비밀을 훔쳐보다가 왠지 들켰다는 생각. 그 생각의 일부를 여기 더듬더듬 받아적는다.

시가 나를 홀리는 헛것인 줄 알지만, 오늘도 어쩔 수 없이 시를 따라간다.

2001년 6월
전주에서 안도현

차례

自序

시인

나무 속에
보일러가 들어 있다 뜨거운 물이
겨울에도 나무의 몸 속을 그르렁그르렁 돌아다닌다

내 몸의 급수 탱크에도 물이 가득 차면
詩, 그것이 바람난 살구꽃처럼 터지려나
보일러 공장 아저씨는
살구나무에 귀를 갖다대고
몸을 비벼본다

도둑들

생각해보면, 딱 한 번이었다

내 열두어 살쯤에 기역자 손전등 들고 사다리를 타고 올라
가서 푸석하고 컴컴해진 초가집 처마 속으로 잽싸게 손을 밀
어넣었던 적이 있었다

그날 밤 내 손끝에 닿던 물큰하고 뜨끈한 그것,

그게 잠자던 참새의 팔딱이는 심장이었는지, 깃털 속에 접
어둔 발가락이었는지, 아니면 깜박이던 곤한 눈꺼풀이거나
잔득잔득한 눈곱 같은 것이었는지,

어쩔 줄 모르고 화들짝 내 손끝을 세상 밖으로 밀어내던,
그것 때문이었다

나는 사다리 위에서 슬퍼져서 한 발짝 내려갈 엄두도 내지
못하고, 그렇다고 허공을 치며 소리내어 엉엉 울지도 못하고,
내 이마 높이에 와 머물던 하늘 한 귀퉁이에서 나 대신 울어
주던 별들만 쳐다보았다

정말 별들이 참새같이 까맣게 눈을 떴다 감았다 하면서 울

던 밤이었다

　네 몸 속에 처음 손을 넣어보던 날도 그랬다
　나는 오래 흐른 강물이 바다에 닿는 순간 멈칫하는 때를
생각했고
　해가 달의 눈을 가려 지상의 모든 전깃불이 꺼지는 월식의
밤을 생각했지만,
　세상 밖에서 너무 많은 것을 만진
　내 손끝은, 나는 너를 훔치는 도둑은 아닌가 싶었다
　네가 뜨거워진 몸을 뒤척이며 별처럼 슬프게 우는 소리를
내던 그 밤이었다

물집

호두가 아구똥지게
껍질을 뒤집어쓰고 있는 것,

감자가 덕지덕지
몸에다 흙을 처바르고 있는 것,

다 자기 자신이 물집이라는 것을 숨기기 위해서다

터뜨리면 형체도 없이 사라질 운명 앞에서
좌우지간 버텨보는 물집들

딱딱한 딱지가 되어 눌어붙을 때까지
生이 상처 덩어리라는 것을
알면서도 모른 척한다

그래서, 나도 물집이다
불로 구워 만든 물집이다
나도 아프다

낭만주의

저 변산반도의 사타구니 곰소항에 가면
바다로부터 등 돌린 폐선들,
나는 그 낡은 배들이 뭍으로 기어오르고 싶어할지도 모른
다고 생각한 적이 있다
뭣이? 바다가 지겹다고?
나는 시집을 내고 받은 인세를 모아서
바다에 발 묶인 배 한 척을 샀던 것이다

세상에, 아직도 시를 읽는 사람이 있나, 하고
너는 마치 고장난 엔진처럼 툴툴거리겠지
하지만 말이야, 배를 천천히 뭍으로 올려놓는 순간,
그 어둡던 바다도 배도 단번에 환해졌단다
그때 덩달아 끼룩끼룩 울어준 것은 갈매기들이었고

너는 이해할 수 없다고, 바다만 바라보겠지
나는 배를 데리고 갈 방도를 생각하느라
이십 년 동안이나 끙끙대며 시를 쓴 것 같다

배를 분해해서 옮기는 일은 재미가 없을 테고
트럭 짐칸에다 배를 통째로 태우는 건 더 우스꽝스런 짓이지

그래서 밀고 가기로 한 것이다
귓불이 연하고 빨간 아이들이 조기떼처럼 재잘대며 배를
따라왔던 거야
생각해봐, 여러 개의 손들이 한꺼번에 배를 민다고 생각해봐
배도 힘이 났던 거야

국도를 타고 가다가
지치면 미끄러운 보리밭으로도 가고……
배를 밀고 가는 나를 보았다면, 너는
시계를 들여다보며 핑계를 대거나, 미친 짓이라며 손가락
질했겠지
나는 배를 잠시 멈추고 네 귓구멍이 뻥 뚫리도록 뱃고동을
울려주었을 거야
詩를 읽는 시간에 자신을 투자할 줄 모르는 인간하고는

놀지 않겠다, 절교다, 하고 말이야

나는 장차 배를 밀어 산꼭대기에 올려놓을 것이다
무엇 때문에 배를 산꼭대기로 밀고 올라가느냐고?
다 알고 있겠지만, 나는 시인이거든
내가 항해사였다면 배를 데리고 수평선을 꼴깍, 넘어갔을
거야

빗소리 듣는 동안

1970년대 편물점 단칸방에 누나들이 무릎 맞대고 밤새 가
랑가랑 연애 얘기하는 것처럼
비가 오시네

나 혼자 잠든 척하면서 그 누나들의
치맛자락이 방바닥을 쓰는 소리까지 다 듣던 귀로, 나는
빗소리를 듣네

빗소리는
마당이 빗방울을 깨물어 먹는
소리

맛있게, 맛있게 양푼 밥을 누나들은 같이 비볐네
그때 분주히 숟가락이 그릇을 긁던 소리
빗소리

삶은 때로 머리채를 휘어잡히기도 하였으나

술상 두드리며 노래 부르는 시간보다
목 빼고 빗줄기처럼 우는 날이 많았으나

빗소리 듣는 동안……

연못물은 젖이 불어
이 세상 들녘을 다 먹이고도 남았다네
미루나무 같은 내 장딴지에도 그냥, 살이 올랐다네

헛것을 기다리며

이제는 나를 사로잡고 있는 것이 그 무엇 무엇이 아니라
그 무엇 무엇도 아닌 헛것이라고, 써야겠다

고추잠자리 날아간 바지랑대 끝에 여전히 앉아 있던 고추
잠자리와,
톳마루에서 하모니카를 불다가 여치가 된 외삼촌과,
문득 어둔 밤 저수지에 잉어 뛰던 소리와,
우주의 이마를 가시로 긁으며 떨어지던 별똥별과,
나는 아무것도 아니라고 생각했을 때 새털구름처럼 밀려
오던 자잘한 슬픔들을

내 문법 공책에 이제는 받아적어야겠다
그 동안 나는 헛것을 피해 여기까지 왔다
너의 눈을 재 속에 숨은 숯불의 눈으로 보지 못하고,
너의 말을 처마 끝에 달린 풍경의 귀로 듣지 못하고,
너의 허벅지를 억새밭머리 바람의 혀로 핥지 못하였다

그래 여우라면, 사람의 키를 훌쩍 뛰어넘어
혼을 빼고 간을 빼먹는 네가 여우라면 오너라
나는 전등을 들지 않고도 밤길을 걸어
그 허망하다는 시의 나라를 찾아가겠다
너 때문에 뜨거워져 하나도 두렵지 않겠다

얼음 매미

매미가 벗어놓고 간 허물 속으로, 눈이 내린다

이 누더기의 주인은 저 광활한 우주 속으로 날아갔는데

눈은 비좁은 구멍 속으로
자꾸자꾸 내린다, 그리하여 쌓인다

하늘은 몇 번이나 녹았다가 얼고,

(이 겨울이 지날 때쯤 나는 매미 허물을 가만히 벗겨봐야
겠다고 생각한다)

그러면 날아갈 줄도 모르고, 발을 가슴께로 그러모은
얼음 매미 한 마리가 거기 웅크리고 있겠지

사냥

토끼를 잡으러
눈 쌓인 산에 올랐다가
春蘭 푸른 잎을 뜯어먹던 토끼가
거기에다 이빨 자국을 새겨놓고 간 걸 보았다

손끝을 대어보니
아리아리했다
양식이 다 떨어졌다고,
더 깊은 산으로 가야겠다고,

나는, 내려가서 화투나 치자, 했는데
동무들은, 근방에 토끼가 있을 것 같다며
환약 같은 토끼 똥을 주워들었다

토끼는 어느 먼 골짜기에다
제 발자국을 찍으며 서럽게 뛰어갈 것이다

고드름

고드름이여

어느 먼 나라에서 밤새 걸어왔는가

줄지어 고된 행군이었는가, 그리하여 지금은

그대 마디마디 발목뼈가 시린가

그대는 지붕을 타고 넘어 왜 마당에 한 발짝도 내려서지 않고

처마 끝에 그렇게 정지, 상태로 고요한가

고드름이여, 영 마땅찮았는가

이 세상이 이렇듯 추해져서 발도 디딜 수 없다는 말인가

이 세상 같은 건 아예 상대할 가치조차 없어서

그렇게 얼음 손가락질만 하고 있다는 말인가

이 아침은 외로워할 틈도 없이 살아온 생이 그대에게 발각되는 순간이네

나는 후회하네

외로워하지도 않고 천 권의 시집을 읽었다는 걸

외로워하지도 않고 만 잔의 술잔을 들이켰다는 걸

고독을 모르는 나를 꾸짖고 싶어서

고드름이여

품속에서 直指心經을 꺼내 낭랑히 읽고 있구나

외로울수록 당당해진다는 것을 보여주려는 듯

결빙의 폭포여

그대는 거꾸로 매달려 있는 게 아니로구나

내 이마를 후려치고,

꼬리지느러미로 허공을 치고 하늘로 거슬러오르는 물고기
로구나

겨울 편지

댓잎 위에 눈 쌓이는 동안 나는 술만 마셨다
눈발이 대숲을 오랏줄로 묶는 줄도 모르고 술만 마셨다

거긴 지금도 눈 오니?
여긴 가까스로 그쳤다

저 九耳 들판이 뼛속까지 다 들여다보인다

청둥오리는 청둥오리 발자국을 찍으려고 왁자하게 내려앉
고,
족제비는 족제비 발자국을 찍으려고 논둑 밑에서 까맣게
눈을 뜨고,
바람은 바람의 발자국을 찍으러 왔다가 저 저수지를 건너
갔을 것이다

담배가 떨어져 가게에 갔다 오느라
나도 길에다 할 수 없이 발자국 몇 개 찍었다

이 세상에 와서 아무도 눈여겨보지 않는 것을 땅바닥에 찍
고 다니느라
신발은 곤해서 툇마루 아래 잠들었구나
상기도 눈가에 물기 질금거리면서,

눈 그친 아침은, 그래서
이 세상 아닌 곳에다 대고 자꾸 묻고 싶어진다
넌 괜찮니?
넌 괜찮니?

그 이름을 알 수 없는

한 며칠 집을 비워두었더니
멧새들이 툇마루에 군데군데 똥을 싸놓았다
보랏빛이었다
겨울밤, 처마 아래 전깃줄로 날아들어 눈을 붙이다가 떠났
다는 흔적이었다
숙박계가 있었더라면 이름이라도 적어놓고 갔을걸,

나는 이름도 낯도 모르는 새들이 갈겨놓은
보랏빛 똥을 걸레로 닦아내다가
새똥에 섞인 까뭇까뭇한, 작디작은 풀씨들이 반짝이는 것
을 보았다
멧새들의 몸을 빠져나온 그것들은
어느 골짜기에서 살다가 멧새들의 몸 속에 들어갔을꼬, 나
는 궁금해지는 것이었다

그리고 나는 그 이름을 알 수 없는 골짜기에서
이 누옥까지의 거리를 또 생각해보았다

내일도 모레도 내가 없으면
내가 없으면 이 처마 아래로 날아들어 잠을 청할
멧새들의 또랑또랑한 눈을 생각해보았다

폭설, 그 이튿날

눈이 와서,
대숲은 모처럼 누웠다

대숲은 아주 천천히
눈이 깔아놓은 구들장 속으로 허리를 들이밀었을 것이다

아침해가 떠올라도 자는 척,
게으른 척,
꿈쩍도 하지 않는 것은

밤새 발이 곱은 참새들
발가락에 얼음이 다 풀리지 않았기 때문

참새들이 재재거리며 대숲을 빠져나간 뒤에
대숲은 눈을 툭툭 털고
일순간, 벌떡 일어날 것이다

大雪

상사화 구근을 몇 얻어다가 담 밑에 묻고 난 다음날,
눈이 내린다

그리하여 내 두근거림은 더 커졌다

꽃대가 뿌리 속에 숨어서 쌔근쌔근 숨쉬는 소리
방 안에서 이불 뒤집어쓰고 누웠어도 들린다

너를 생각하면서부터
나는 뜨거워졌다

몸살 앓는 머리맡에 눈은
겹겹으로, 내려, 쌓인다

아무것도 아닌 것에 대하여

속을 보여주지 않고 달아오르는 석탄난로
바깥에는 소리없이 내리는 눈

철길 위의 기관차는 어깨를 들썩이며
철없이 철없이도 운다
사랑한다고 말해야 사랑하는 거니?
울어야 네 슬픔으로 꼬인 내장 보여줄 수 있다는 거니?

때로 아무것도 아닌 것 때문에
단 한 번 목숨을 걸 때가 있는 거다

침묵 속에도 뜨거운 혓바닥이 있고
저 내리는 헛것 같은 눈, 아무것도 아닌 저것도 눈송이 하
나하나는
제각기 상처 덩어리다, 야물게 움켜쥔 주먹이거나

문득

역 대합실을 와락 껴안아 훑는 석탄난로
기관차 지나간 철길 위에 뛰어내려 치직치직 녹는 눈

도미

이 지상에는 없는 복숭아밭이 바다 속에 있는 게 틀림없다
수족관 속 저 도미 좀 보아라,
꽃 핀 복숭아나무에다 얼마나 몸을 비벼댔으면
저렇게 비늘 겹겹이 발갛게 물이 들었겠느냐
사랑이란, 비린 몸을 달구는 일이었으리라

바다 속 그 복숭아밭은 도대체
오천 평이었던가, 오만 평이었던가,
끝없는 그 너머였던가
도미는 한창 열 오른 복숭아나무들을 생각하다가
또 꼬리지느러미로 철버덕 물을 치는 소리를 낸다
봄날 복사꽃 난만, 난만하게 흩날리는 것처럼
지금 횟집 유리창 밖에는 눈이 내리고,

저녁 여섯시
사랑이라는 말이 아프고 무거워서
무릉도원에 가지 못하고

소주 첫 잔에 목구멍에서 똥구멍까지 찌르르 숨통이 트이
는가
　벗이여, 도미 좀 보아라
　어깨가 돛배같이 얇은 사내들 앞에서
　마침내 옷을 가지런히 벗고 눕는 것을

　하늘도 제 살을 맛있게 저며 뿌려주는 날,
　술잔에 꽃잎을 띄워 마신들 한량이 되겠느냐
　눈발처럼 코를 박고 펑펑 운들 사랑이 오겠느냐
　쟁반 위에 두런두런 눈만 내놓고, 도미는
　여기저기서 술잔 부딪치는 소리를 가만히 듣고 있다

저 풍경

진눈깨비 내리다가 그치고 나서
솔숲 사이 저 혼자 끙끙대며 산을 올라가는 길을 보았다

내려오는 길을 잊지 않으려고 발로 꼭꼭 눈을 다지며 올라
가고 있었다
비탈진 곳을 피해가느라 구불텅구불텅 허리가 많이 굽었다

어떻게 해서든 산꼭대기까지 올라갈 것 같았다

심심했던 산이 손가락뼈를 오도독오도독 꺾는 소리가 들
려왔다

봄똥

봄똥, 생각하면
전라도에 눌러앉아 살고 싶어진다

봄이 당도하기 전에 봄똥, 봄똥 발음하다가보면
입술도 동그랗게 만들어주는
봄똥, 텃밭에 나가 잔설 헤치고
마른 비늘 같은 겨울을 툭툭 털어내고

솎아 먹는
봄똥, 찬물에 흔들어 씻어서는 된장에 쌈 싸서 먹는
봄똥, 입 안에 달싸하게 푸른 물이 고이는
봄똥, 봄똥으로 점심밥 푸지게 먹고 나서는

텃밭 가에 쭈그리고 앉아
정말로 거시기를 덜렁덜렁거리며
한 무더기 똥을 누고 싶어진다

이른 봄날

이른 봄날, 앞마당에 쌓인 눈이
싸묵싸묵 녹을 때 가리
나는 꼭 그러쥐었던 손을 풀고
마루 끝으로 내려선 다음,
질척질척한 마당을 건너서 가리
내 발자국 소리 맨 먼저 알아차리고
서둘러 있는 힘을 다해 가지 끝부터 흔들어보는
한 그루 매화나무한테로 가리

물의 입

얼음장 아래
冬安居 끝내고 골짝을 따라 내려오는 물소리

얼음장 바깥에서 서성이는
내 발길이라든가,
햇빛이라든가,
바람 같은 것들은
얼음장 안쪽이 못내 궁금하다

보이지 않는 것들 말이다
버들치 꼬리지느러미라든가,
가재 집게발이라든가,
개구리 뒷다리 같은 것들,

고것들이 꼼지락거렸기 때문에
물은,
노래하는 입을 갖게 되었을 것이다

입춘

바깥에 나갔더니 어라, 물소리가 들린다
얼음장 속 버들치들이 꼭 붙잡고 놓지 않았을
물소리의 길이가 점점 길어진다
허리춤이 헐렁해진 계곡도 되도록 길게 다리를 뻗고
참았던 오줌을 누고 싶을 것이다
물소리를 놓아버린 뒤에도 버들치들은 귀가 따갑다
몸이 통통해지는 소리가 몸 속에서 자꾸 들려왔기 때문이다

3월에 내리는 눈

3월도 스무닷새나 눈곱을 떼어냈는데
참말로 눈이 내리는 것입니다

도톰하게 입술 내밀고 있는 목련 꽃망울들한테
도대체 뜬금없이 달려들어 뭘 어쩌자는 것입니까?
꽃망울 속에 들어 있는 꽃들이
제 귓불을 만지며 앗 뜨거워, 뜨거워 하며
난감해하는 모양 보자는 것 아닙니까?

자글자글 햇빛이 끓는 봄의 냄비 뚜껑을
좀 열어보려다가
이거 신세 조지게 생겼습니다

꿩이 운다

얼금얼금 삼베 적삼에 연초록 조끼를 받쳐입고 나서
산이 오금 펴고 잠깐 일어서는 기척을 보이는가 싶었는데,

끄웡, 끄웡, 꿩이 운다

별 안 드는 어느 산골짝에서 저도 외로움이 깊어져서
이판에 세상에 한번 나가보겠다는 소리 같기도 하고,
세상 같은 데 출입하느니 다만 우는 것으로 봄날을 견디겠다는 소리 같기도 하다

나는 꿈틀거리는 산에다 대고 소리친다
—누가 저 장끼 대신 좀 울어주면 안 되나요?

목련

징하다, 목련 만개한 것 바라보는 일

이 세상에 와서 여자들과 나눈 사랑이라는 것 중에
두근거리지 않은 것은 사랑이 아니었으니

두 눈이 퉁퉁 부은
애인은 울지 말아라

절반쯤만, 우리 가진 것 절반쯤만 열어놓고
우리는 여기 머무를 일이다

흐득흐득 세월은 가는 것이니

관계

화들화들 꽃 피기 시작하는 저 살구나무와
나 사이에
무슨 일이 일어나기는 일어나고 있는 것인가요

나 혼자서 그냥 살구나무 아래 서 있었는데
살구꽃들이 낭비하는 조명탄을 고스란히 받고 서 있는 일
이 황송해서
꽃 참 곱다, 단 한 번 중얼거렸을 뿐인데

이를테면,
가지고 있는 것을 다 보여주지 못해 안달이 나 뜨거워진
연애 같은 거, 그게 아니라면
눈을 채 감지도 않고 치르는 촉촉한 和姦 같은 거,
잠깐 생각하고 있었을 따름인데

말 못 할 사건이 그렇게 터진 건가요
바람도 겨드랑이에 손을 갖다댄 일이 없는데

살구나무는 자꾸 킥킥거려요
나도 또 따라서 자꾸 킥킥거려요

퍼뜩퍼뜩 말 좀 해봐요
어째 그만 일없이 들통이 났다는 건가요

살구나무 발전소

살구꽃……
살구꽃……

그 많고 환한 꽃이
그냥 피는 게 아닐 거야

너를 만나러 가는 밤에도 가지마다
알전구를 수천, 수만 개 매어다는 걸 봐

생각나지, 하루 종일 벌떼들이 윙윙거리던 거,
마을에 전기가 처음 들어오던 날도
전깃줄은 그렇게 울었지

그래,
살구나무 어디인가에는 틀림없이
살구꽃에다 불을 밝히는 발전소가 있을 거야

낮에도 살구꽃……

밤에도 살구꽃……

살구나무가 주는 것들

처음에는 당연히 꽃을 보여주지요
쌀 안치는 소리를 내면서 피는 꽃들 말이지요

그 꽃들 지고 나면
잎을 보여주고요,
그러면 잎은 그늘을 주지요

그 다음에는 풋살구를 주지요
풋살구를 주고 나서는 아픈 배를 주지요

아픈 배가 다 낫기를 기다리다가
노랗게 통통 잘 익은 살구를 주지요
(살구를 장에 내다팔면 돈을 주지요)

작고 파란 것들이 이파리에
오물오물 몰려드는 건 이맘때쯤이지요
살구나무는 온몸을 내주지요

야금야금 자신을 갉아먹는 벌레들의 눈에
이파리의 온갖 무늬를 다 보여주지요

벚나무는 건달같이

군산 가는 길에 벚꽃이 피었네
벚나무는 술에 취해 건달같이 걸어가네

꽃 핀 자리는 비명이지마는
꽃 진 자리는 화농인 것인데

어느 여자 가슴에 또 못을 박으려고……

돈 떨어진 건달같이
봄날은 가네

해찰

봄날, 병아리가 어미 꽁무니를 쫓아가고 있다
나란히 되똥되똥 줄 맞춰 가고 있다

연둣빛 풀밭은 병아리들 발바닥을 들어올려주느라 바쁘다
꽃이 진 자리에 꽃씨를 밀어올리느라 민들레꽃도 바쁘다

민들레 꽃대 끝에 웬 솜털 같은 눈이 내렸나?
병아리 한 마리 대열에서 이탈해 한눈을 팔고 있다

그리고는 꽃씨에다 노란 부리를 톡, 대어본다
병아리는 햇빛을 타고 날아간다
허공에다 발자국을 콕콕 찍으며 하늘하늘 날아간다

햇살의 분별력

감나무 잎에 내리는 햇살은 감나무 잎사귀만하고요
조릿대 잎에 내리는 햇살은 조릿대 잎사귀만하고요

장닭 벼슬을 만지는 햇살은 장닭 벼슬만큼 붉고요
염소 수염을 만지는 햇살은 염소 수염만큼 희고요

여치 날개에 닿으면 햇살은 차르륵 소리를 내고요
잉어 꼬리에 닿으면 햇살은 첨버덩 소리를 내고요

거름 더미에 뒹구는 햇살은 거름 냄새가 나고요
오줌통에 빠진 햇살은 오줌 냄새가 나고요

겨울에 햇살은 건들건들 놀다 가고요
여름에 햇살은 쌔빠지게 일하다 가고요

연초록의 이삿날

연초록을 받쳐들고 선 저 느티나무들 참 장하다

산등성이로 자꾸 연초록을 밀어올린다

옮기는 팔뚝과 또 넘겨받는 팔뚝의 뻣센 힘줄들이 다 보인다

여기서 무엇을 남기고 무엇을 더 가져가겠다는 뜻 없다

저수지에도 몇 국자씩이나 퍼주는 것 보기 참 좋다

나무 생각

나보다 오래 살아온 느티나무 앞에서는
무조건 무릎 꿇고 한 수 배우고 싶다

복숭아나무가 복사꽃을 흩뿌리며 물 위에 점점이 우표를
붙이는 날은
나도 양면괘지에다 긴 편지를 쓰고 싶다

벼랑에 기를 쓰고 붙어 있는, 허리 뒤틀린
조선소나무를 보면 애국가를 4절까지 불러주고 싶다

자기 자신의 욕망을 아무 일 아닌 것같이 멀리 보내는
밤나무 아래에서는 아무 일 아닌 것같이 나도 관계를 맺고
싶다

나 외로운 날은 외변산 호랑가시나무 숲에 들어
호랑가시나무한테 내 등 좀 긁어달라고, 엎드려 상처받고
싶다

내가 저 여린 싸리나무 가지 끝에
날아가 앉을 수 없는 이유를 아느냐

내 겨드랑이에 날개 대신 숭숭 자란 검은 털아,

오십 센티미터만 뛰어오른 뒤에는 어찌하지 못하고 추락
하는 술통 같은 몸아,

그 동안 너무 많이 걸어다녀서 굳은살이 박인 발바닥아,

슬퍼도 자지러지게 울어본 적 없고 분노 앞에서도 핏발 서
지 않는 눈아,

한 번도 알 껍질을 쪼아본 적이 없는 입술아,

논물 드는 5월에

그 어디서 얼마만큼 참았다가 이제서야 저리 콸콸 오는가
마른 목에 칠성사이다 붓듯 오는가

저기 물길 좀 봐라
논으로 물이 들어가네
물의 새끼, 물의 손자들을 올망졸망 거느리고
해방군같이 거침없이
총칼도 깃발도 없이 저 논을 다 점령하네
논은 엎드려 물을 받네

물을 받는, 저 논의 기쁨은 애써 영광의 기색을 드러내지
않는 것
  출렁이며 까불지 않는 것
  태연히 엎드려 제 등허리를 쓰다듬어주는 물의 손길을 서
늘히 느끼는 것

  부안 가는 직행버스 안에서 나도 좋아라

金萬頃 너른 들에 물이 든다고
누구한테 말해주어야 하나, 논이 물을 먹었다고
논물은 하늘한테도 구름한테도 물을 먹여주네
논둑한테도 경운기한테도 물을 먹여주네
방금 경운기 시동을 끄고 내린 그림자한테도,
나는 어떻게 해야 하나 누구한테 연락해야 하나
저것 좀 보라고, 나는 몰라라

논물 드는 5월에
내 몸이 저 물 위에 뜨니, 나 또한 물방개 아닌가
소금쟁이 아닌가

산딸나무, 꽃 핀 아침

나무가 꽃을 피운다고?
아니다, 허공이 피운다
나무의 몸 속에 꽃이 들어 있었던 게 아니다
나무가 그 꽃을 애써 밀어올렸던 게 아니다
허공이 꽃을 품고 있었다
저것 좀 봐라,
햇볕한테도 아니고
바람한테도 아니고
나무가 허공한테 팔을 벌리고
숨겨둔 꽃 좀 내놓으라고,
내 몸에도 꽃 좀 달아달라고,
팔을 벌리고 애원하는 자세로 나무가
허공을 떠받치고
허공을 우러르며
허공에다 경배하고 있는 것 좀 봐라
때가 되면 나무에 꽃은 핀다고?
아니다, 때가 되어야 허공이

나무에다 꽃을 매달아주는 것이다

산딸나무야,
몸 안에 꽃을 넣어두지 말아라
너는 인제 아프지 말아라

아침까지 몸 안에 술 든
나 혼자 다 아프겠다

등꽃, 등꽃

등꽃이 피었다
자국이다, 저것은
허공을 밟고 이 세상을 성큼성큼 건너가던 이가
우리집 대문 앞에 이르렀을 때
내 사는 꼴 들여다보고는 하도 우스워
혼자 키들거리다가 그만
나한테 들키는 순간이었는데,
급한 김에 발자국만 여러 개 등나무에 걸어놓고
이 세상을 빠져나간, 그 흔적임이 분명하다
얼마나 가벼워져야 나는 등꽃, 등꽃이 되나

소낙비

톡, 하고
살구 한 알이 가지를 붙잡고 있던 손을 놓는다
(나는 엎드려 朴龍來 詩集을 읽는다)

토독, 톡, 하고
살구 두 알이 덩달아 떨어진다
(풀벌레 소리가 잦아들기 시작한다)

토독, 톡, 톡, 하고
살구 세 알이 급하게 땅으로 뛰어내린다
(콧속으로 풀 비린내가 훅 들어온다)

토독, 톡, 톡, 톡, 톡, 하고
살구는 이제 떨어지며 제법 빗방울 소리를 낸다

마흔 살

내가 그 동안 이 세상에 한 일이 있다면
소낙비같이 허둥대며 뛰어다닌 일
그리하여 세상의 바짓가랑이에 흙탕물 튀게 한 일
씨발, 세상의 입에서 욕 튀어나오게 한 일
쓰레기 봉투로도 써먹지 못하고
물 한 동이 퍼담을 수 없는 몸, 그 무게 불린 일

병산서원 만대루 마룻바닥에 벌렁 드러누워
와이셔츠 단추 다섯 개를 풀자,
곧바로 반성된다

때때로 울컥, 가슴을 치미는 것 때문에
흐르는 강물 위에 돌을 던지던 시절은 갔다

시절은 갔다, 라고 쓸 때
그때가 바야흐로 마흔 살이다
바람이 겨드랑이 털을 가지고 놀게 내버려두고

꾸역꾸역 나한테 명함 건넨 자들의 이름을 모두
삭제하고 싶다

나에게는
나에게는 이제 외로운 일 좀 있어도 좋겠다

늦여름 저녁

마당에 풋감 하나가 쿵, 하고 떨어진다

쿵, 하는 그 소리는 무엇인가
그것은 탕아가 때늦게 제 이마를 치는 소리 같기도 하고
낯선 지구의 산기슭에 별똥별이나 번갯불이 머리를 부딪
히는 소리 같기도 한데,
어쨌거나 나하고는 상관없는 일이거니 했는데

문득 그 소리를 혼자 서서 들어야 하는,
감을 쥐고 있다가 어떻게 그만 떨어뜨려버린 감나무를 생
각하면서
마음이 짠해졌다

나는 방문을 열고 감나무 아래로 걸어가서
풋감,
먹지도 못하고, 다시 어느 나락으로 떨어진다 해도
쿵, 하는 소리 하나 내지 못할 으깨진 풋감을 주워들고

기분 좋게 담 밖으로 멀리 내쏘아버릴까보다,
이렇게 혼자 생각하다가 보았던 것이다
감나무가 구부정한 팔을 뻗어 이리저리 손을 내두르면서
풋감을 찾고 있는 것을

날은 점점 어두워오고,
 눈이 침침해진 감나무는 내 손을 한없이 내려다보고 있는
것이었다

느티나무 여자

평생 동안 쎄빠지게 땅에 머리를 처박고 사느라
자기 자신을 한 번도 들여다보지 않았다

가을날, 잎을 떨어뜨리는 곳까지가
삶의 면적인 줄 아는
저 느티나무

두 팔과 두 다리로 허공을 헤집다가
자기 시간을 다 써버렸다
그래도 햇빛이며 바람이며 새들이 놀다 갈 시간은
아직 충분히 남아 있다고, 괜찮다고,
애써 성성한 가지와 잎사귀를 흔들어 보이는

허리가 가슴둘레보다 굵으며
관광버스 타고 내장산 한 번 다녀오지 않은
저 다소곳한 늙은 여자

저 늙은 여자도
딱 한 번 뒤집혀보고 싶을 때가 있었나보다
땅에 박힌 머리채를 송두리째 들어올린 뒤에,
최대한 길게 다리를 쭉 뻗고 누운 다음,
아랫도리를 내주고 싶을 때가 있었나보다

그걸 간밤의 태풍 탓이라고 쉽게 말하는 것은
인생을 절반도 모르는 자의
서툴고 한심한 표현일 뿐

장마

神은 처마 끝에 주렴을 쳐놓고
먹장구름 뒤로 숨었다

빗줄기를 마당에 세워두고
이제, 수렴청정이다

산골짝 오두막에서 나는 가난하고 외로운 왕이다

나, 장맛비 어깨에 걸치고 언제 한번 철벅철벅 걸어다녀를
봤나
천둥처럼 나무 위에 기어올라가 으악, 소리 한번 질러나
봤나

부엌에서 고추전 부치는 냄새가 올라올 때까지
구름 뒤에 숨은 神이 내려올 때까지
나는 게으르고 게으른 사내가 되려 한다

석류

마당가에 석류나무 한 그루를 심고 나서

나도 지구 위에다 나무 한 그루를 심었노라,

나는 좋아서 입을 다물 줄 몰랐지요

그때부터 내 몸은 근지럽기 시작했는데요,

나한테 보라는 듯이 석류나무도 제 몸을 마구 긁는 것이었어요

새 잎을 피워올리면서도 참지 못하고 몸을 긁는 통에

결국 주홍빛 진물까지 흐르더군요

그래요, 석류꽃이 피어났던 거죠

나는 새털구름의 마룻장을 뜯어다가 여름내 마당에 평상을 깔고

눈알이 붉게 물들도록 실컷 꽃을 바라보았지요

나는 정말 좋아서 입을 다물 수 없었어요

그러다가 어느 날 문득 가을이 찾아왔어요

나한테 보라는 듯이 입을 딱, 벌리고 말이에요

가을도, 도대체 참을 수 없다는 거였어요

개펄에서 놀던 강

서해에 닿기 전에, 만경강과 동진강은
개펄에 이르러
진흙에다 몸을 문지르며 좀 놀았는데요

밤이 되면
물가에 알을 슬어놓고는 어기적어기적 걸어가는 도둑게들
의 발자국 소리를 다 듣고
손바닥만한 대합이 달빛을 한입에 넙죽 받아먹는 소리를
다 듣고
갯지렁이가 허리를 오므렸다 폈다 하면서 자기 삶을 밀고
나가는 소리를 다 듣고
때로는 가까운 바다에서 새우떼가 꼬리로 일제히 세상을
탁탁 치는 소리도 다 들었다는데요

그때서야 바다로 스며들어
바다하고 한 몸이 되었다는데요

씨펄씨펄,

개펄이 소리없이 죽어가요

바다는 저만치 물러나서 울음바다

강은 인제 망했어요

가을 산

어느 계집이 제 서답을 빨지도 않고
능선마다 스리슬쩍 펼쳐놓았느냐

용두질 끝난 뒤에도 식지 않은, 벌겋게 달아오른 그것을
햇볕 아래 서서 꺼내 말리는 단풍나무들

둘레

이 술잔에 둘레가 없었다면……
나는 입술을 갖다대고 술을 마실 수 없었겠지
그래, 입술에 둘레가 없었다면……
나는 너를 사랑할 수도 없었을 테고

사랑하지 않는 사람하고 같이 술 마실 일도 없겠고,
술잔 속에 보름달이 뜨지도 않겠지

저 보름달에 둘레가 없었다면……
아무도 찐빵을 만들어 먹겠다고 생각하지 못했을 거야
그래, 찐빵에 둘레가 없었다면……
그 뜨거운 찜통 속에서 부풀어오르다가
멈추어야 할 때를 잊어버렸을걸

그렇다면……
보름달이란 무엇인가
찐빵이 하늘로 솟아올라 둘레를 갖게 된 것인가

구멍

피라미의 몸이란,
물 속에 매끈하게 뚫린
헤아릴 수 없는 구멍이었다

낮은 데로 더 낮은 데로
물이 잘 흐르라고
피라미는 상류로 거슬러오르면서
뽕, 뽕, 뽕, 뽕,
물 속에다 대가리를 자꾸 들이밀며
마구 구멍을 냈던 것이다
그리하여 기꺼이 제 스스로
통통한 구멍이 되었던 피라미들

대야에 담긴 피라미를 한 마리씩 건져
손가락으로 배를 훑을 때, 나는 생각했다
구멍도 아닌 것이
구멍을 틀어막는 일에만 열중하고 있구나

돼지

저 돼지 한 마리
멱살 잡힌 채 정육점 입구까지 끌려온 돼지 한 마리
구차한 기색이란 없다
오히려 당당해 보인다
꼭꼭 닫아두었던 가슴 열어제치고
먹는 데 골몰하던 거추장스런 큰 머리 떼어내고
다시는 기어다니지 않겠다고 발목도 떼어내고
올림픽 높이뛰기 선수처럼
뛰어오른다 경쾌하게
이 못된 세상 박차고 뛰어오른다
꿀꿀거리지도 않는다

삶은 감자

삶은 감자가 양푼에
하나 가득 담겨 있다
머리 깨끗이 깎고 입대하는 신병들 같다
앞으로 취침, 뒤로 취침중이다
감자는 속속들이 익으려고 결심했다
으깨질 때 파열음을 내지 않으려고
찜통 속에서
눈을 질끈 감고 익었다
젓가락이 찌르면 입부터 똥구멍까지
내주고, 김치가 머리에 얹히면
빨간 모자처럼 덮어쓸 줄 알게 되었다
누구라도 입에 넣고 씹어봐라
삶은 감자는 소리지르지 않겠다고
각오한 지 오래다

늙은 정미소 앞을 지나며

왼쪽 어깨가 늙은 빨치산처럼 내려앉았다
마을에서 지붕은 제일 크지만 가재도구는 제일 적다
큰 덩치 때문에 해 지는 반대쪽 그늘이 덩치만큼 넓다
살갗이 군데군데 뜯어진 덕분에 숨쉬기는 썩 괜찮다
저녁에는 나뒹구는 새마을 모자를 주워 쓰고
밥냄새 나는 동네나 한 바퀴 휙 둘러볼까 싶은데
쥐가 뜯어먹어 구멍난 모자 속으로 별들이 쏟아질까 겁난다
어두워지면서 못 보던 쥐들이 찾아와서 쌀통이 비었네,
에구, 굶어 죽게 생겼네, 투덜대며 뛰어다니는 통에 화가
좀 났다
그럼 바닥에 수북한 까맣게 탄 쌀알 같은 쥐똥은 뭐란 말
인가
밤이 되니 바람이 귓밥을 파주겠다며 달그락거린다
그렇다고 눈물 질금거리는 전등 따위 내걸지 않는다
혹자는 이미 죽어 숨이 넘어간 목숨이라는데
아직은 양철 무덤을 삐딱하게 뒤집어쓰고 버틸 만하다

아버지의 런닝구

황달 걸린 것처럼 누런 런닝구

대야에 양잿물 넣고 연탄불로 푹푹 삶던 런닝구

빨랫줄에 널려서는 펄럭이는 소리도 나지 않던 런닝구

白旗 들고 항복하는 자세로 걸려 있던 런닝구

어린 막내아들이 입으면 그 끝이 무릎에 닿던 런닝구

아침부터 저녁까지 지게를 많이 져서 등판부터 구멍이 숭
숭 나 있던 런닝구

너덜너덜 살이 해지면 쓸쓸해져서 걸레로 질컥거리던 런
닝구

얼굴이 거무스름하게 변해서 방바닥에 축 늘어져 눕던 런
닝구

마흔일곱 살까지 입은 뒤에 다시는 입지 않는 런닝구

마당밥

일찍 나온 초저녁 별이
지붕 끝에서 울기에

평상에 내려와서
밥 먹고 울어라, 했더니

그날 식구들 밥그릇 속에는
별도 참 많이 뜨더라

찬 없이 보리밥 물 말아 먹는 저녁
옆에, 아버지 계시지 않더라

고등어

좌판대 위에 누운 생선들 중에
고등어 몸통이 제일 통통하다

침투하려고 했니?
표류하고 있었니?

그물에 걸린 잠수정같이……

고등어,
너에게도 조국이 있었으리

구멍

서울 가는 고속버스가 휴게소에
멈출 때 앞좌석에 앉은 중년 여자의
뒤통수가 보인다 흰 머리카락
드문드문 섞인 뒷머리가 까치 둥지처럼 휑하게
패었다 이 세상에 기대어 잠든 자국이 나한테
들키는 순간이다 여자는 서둘러 가락국수
먹으러 간다 구멍도 따라간다 그때서야 나는
내 뒤통수를 어루만진다

눈 오는 밤

한 입,
또 한 입,
눈을 받아먹던 아이들이 집으로 다 돌아간 뒤에

한 등,
또 한 등,
마을의 집들이 모두 전등 스위치를 내린 뒤에

오줌이 누고 싶어
밖으로 나왔다가
그때, 가로등은
흉내를 한번 내보기로 하였다

아,
아아,
눈을 받아먹으려고
저 혼자서 입을 크게 벌려보았다

聖 아기

제 앞뒤도 가릴 줄 모르는 어린것,
제가 싼 똥을 손으로 주무르고 볼에 처바르고
입에도 우겨넣는다
앞뒤 가리기에 여념이 없는 더러운
어른들이 보지 않을 때, 마침내 저지른다
저지르는 것이 두려워 떨고 있는
어른들이 보지 않을 때,

깃발

깃발을 뜯어먹으려고
가까이 다가갔다가
바람은 깃발한테 붙잡혔다
깃발은 손아귀로 바람을 움켜쥐었다가 폈다 하면서

또 못된 짓 할래, 안 할래
자꾸 묻는다

시적인 삶

경북점자도서관에서 황송하게도 『연어』하고 『관계』를 점
자책으로

만들었다고 해서 포항에 간 적이 있습니다 장애인의 날 기
념식이 끝난 뒤에 강당에

엉거주춤 서서 강연도 했습니다 시각장애인들 앞에서 (제
가 무얼 좀 알아서가 아니라)

시적인 삶에 대해 말하는 동안 무지하게 땀이 많이 났습니
다 시적인 삶이란

쑥부쟁이와 구절초를 구분할 줄 아는 데서 나오는 것이라
고 저는 차마

말하지 못했습니다 그리고 하늘을 색칠할 때 하늘색 크레
파스만 쓰는 아이의

관찰의 수준에 대해 이러쿵저러쿵 말하지도 못했습니다
왜냐하면 제 앞에

백 명도 넘는 부처님들이 묵묵하게 입을 다물고 앉아 계셨
기 때문입니다 아닌게 아니라

줄곧 땀을 흘리며 쩔쩔매는 초청 연사인 저를 덜 부끄럽게

하려고 그분들은

　일찍부터 고요히 눈을 감고 계셨던 겁니다 그래서 오히려 더 부끄러워져서 서둘러

　이야기를 마무리하고 연단에서 내려오는데 박수 소리가 마구 제 귀를

　때리는 것이었습니다 그때 저는 그만 아득해져서 문득 전라남도 화순 운주사로

　걸어들어가는 것 같았습니다 운주사에 처음 갔을 때 저는 두 눈 없는

　불상 앞에 서서 이렇게 생각한 적이 있습니다 이분은 스스로 두 눈알을

　손가락으로 후벼내어 기꺼이 세상에 던져버리셨구나 그리하여

　세상 사람들이 비로소 눈을 뜨게 되었구나 그런데 포항에서 집으로 돌아오는

　고속버스 안에서 누군가 넣어준 강연료 봉투를 슬쩍 열어보는 저를 똑똑히

보았습니다 저는 뜨거워졌습니다 거기에 삼십만원이 들어
있는 것을 저는 동그랗게

　　눈을 뜨고 확인하고 있었던 겁니다 장애인복지관에 그걸
맡길까

　　말까 하다가 하루 시간 다 까먹은 것 아까워서 그냥 모른
척하고 넣어온 건데 참으로

　　멀었습니다 시적인 삶에 이르려면 저는 아직 멀었습니다

인민학교 운동장

관동팔경의 비경 따위 다 잊어버리고,
해금강 쪽으로 가는데
마을이 눈앞에 성큼
나타났다
마을에 인민학교가 있다고, 안내하는 관광 조장이 말했다
측백나무 울타리를 낮게 치고
인민학교는 비포장도로 옆에 바짝 붙어 있었다
백묵 냄새가 났다
버스 유리창 너머
인민학교 운동장은
햇볕을 가득 펼쳐놓고
무성영화처럼 고요하였다
포플러 그늘로 다가서려다가
햇볕은 멈칫, 하며 인민학교 운동장으로 물러섰고
어디선가 풍금 소리가 새어나올 것 같았고
풍금 건반을 두드리는 선생님의 희고 가느다란 손가락을
사랑하는 소년이

포플러 그늘에 앉아 있을 것 같았다

햇볕 때문에

아름다웠다

인민학교 운동장은

햇볕과 그늘을 반반쯤 나눈

인민학교 운동장은 낡아서

빛나지 않아서 아름다웠다

꼭 1960년대 학교 같네, 뒷자리에서 누군가 말했다

나는 차라리 그때가 지금보다 행복하지 않았느냐고, 묻지
않았다

버스에서 내리고 싶었다 나는

인민학교 운동장에 서 있는

여덟 살쯤, 아홉 살쯤 먹은 소녀 옆에

나를 세워두고 싶었다

파란색 교복을 입고 있었다

남조선 사람, 나를 보고는 화들짝 놀라

소녀는 인민학교 운동장을 가로질러 뛰었다

소녀를 따라 나도 뛰었다
햇볕도 따라 뛰었다
포플러 그늘도 따라 뛰었다
버스 안에서 코카콜라를 마시던
관광객들이 나를 불렀다
여기는 별볼일이 없다고,
어서 해금강 가서 사진을 찍자고,
관동팔경 삼일포에 가자고,
되돌아보니 나는 내가 아니었다
나는 어찌할 수 없는 절반이었다
그때 나는 인민학교 운동장에다
나를 세워두고 떠났는가
인민학교 운동장을 혼자 남겨두고
나는 절대 떠나지 않을 작정이었다

겨울 나무들한테 배운다

그리하여 삶이란 화투판에서 밑천 다 날리고
새벽, 마루 끝에 앉아 냉수 한 사발 들이켜는 것
몸뚱이 하나, 혹은 불알 두 쪽만 남았다는 생각이 들 때
저 겨울 나무들을 바라볼 일이다
스스로 벌거벗기 위해 서 있는 것들
오로지 뼈만 남은 몸 하나가 밑천인 것들
얼마만큼 벗었느냐, 우리도 절망을 재산으로 삼을 도리밖
에 없다
희망 같은 것 몽땅 잃어버린 대신에 우리 가진 절망은 또
얼마나 많은 것이냐
절망으로 밥을 해 먹으면 한 삼 년은 버티겠다
바람 찬 노숙의 새벽이여 부디 무사하라 그리하여 쓰러져
길가에 잠들지라도 잊지는 말라
아직도 반성문을 써야 할 일기장의 페이지는 하얗게 비어
있다는 것을
겨울 나무들, 이 악 물고 떨지도 않고 말한다
두 손 치켜들고 아침을 맞으려면 아직도, 아직도 멀었다고

그리운 당신이 오신다니

어제도 나는 강가에 나가
당신을 기다렸습니다
당신이 오시려나, 하고요
보고 싶어도
보고 싶다는 말은 가슴으로 눌러두고
당신 계시는 쪽 하늘 바라보며 혼자 울었습니다
강물도 제 울음소리를 들키지 않고
강가에 물자국만 남겨놓고 흘러갔습니다

당신하고 떨어져 사는 동안
강둑에 철마다 꽃이 피었다가 져도
나는 이별 때문에 서러워하지 않았습니다
꽃 진 자리에는 어김없이 도란도란 열매가 맺히는 것을
해마다 나는 지켜보고 있었거든요
이별은 풀잎 끝에 앉았다가 가는 물잠자리의 날개처럼 가
벼운 것임을
당신을 기다리며 알았습니다

물에 비친 산 그림자 속에서 들려오던

그 뻐꾸기 소리가 당신이었던가요

내 발끝을 마구 간질이던 그 잔물결들이 당신이었던가요

온종일 햇볕을 끌어안고 뒹굴다가

몸이 따끈따끈해진 그 많은 조약돌들이

아아, 바로 당신이었던가요

당신을 사랑했으나

나는 한 번도 당신을 사랑한다, 말하지 못하고

오늘은 강가에 나가 쌀을 씻으며

당신을 기다립니다

당신 밥 한 그릇 맛있게 자시는 거 보려고요

숟가락 위에 자반고등어 한 점 올려드리려고요

거 참 잘 먹었네, 그 말씀 한마디 들으려고요

그리운 당신이 오신다니

그리운 당신이 오신다니

살구나무에게서 배운 것

김수이(문학평론가, 경희대 교수)

1

안도현은 세계를 자신의 빛깔로 물들이는 염색공이다. 그는 갖가지 재료를 섞어 독특한 염료를 만든다. 살구꽃과 나무의 수액 같은 천연의 재료에 삶의 다양한 액체들, 뜨거운 국물과 소주와 눈물과 오래된 우물물 등을 섞는다. 그렇게 만들어진 빛깔은 진하면서도 맑고, 애잔하면서도 따뜻하다. 그가 나열한 존재와 사물은 그대로 읽는 이의 마음에 자리잡아 하나의 풍경이 된다. 풍경의 귀퉁이에는 '바닷가 우체국'이나 '살구나무 발전소' 같은 후미진 아름다움, 혹은 터질 듯한 환함이 무심히 자신의 몫을 다하고 있다.

안도현의 시의 염료로 채색된 존재와 사물은 오랫동안 빛이 바래지 않는다. 인위적으로 가공되지 않은, 천연에 가까운 빛깔이기 때문이다. 안도현은 가혹한 시대의 현실과 민중적 정서를 그린 초기 시부터 유려한 시의 질감을 보여주었다. 많은 이들이 기억하고 있는 것은 안도현의 시가 뿜어낸 특유의 빛깔일 터이다.

1981년 대구매일신문에 「낙동강」으로 등단한 안도현은 첫 시집 『서울로 가는 전봉준』(1985)에서 "쇠죽솥 같은 앞가슴"(「빈 논」)으로 피폐한 현실에 맞서는 농민과 역사의 인물 전봉준을 진한 빛깔로 우려내었고, 『모닥불』(1989)에서는 곤궁한 삶의 현장에서 짙은 비애와 정감의 색을 추출하였다. 『그대에게 가고 싶다』(1991), 『외롭고 높고 쓸쓸한』(1994)에서도 안도현은 고달픈 현실과 자신의 시적 염료를 짙게 배합한다. "오래 시달린 자들이 지니는 견결한 슬픔을 놓지 못하여" "검은 멍이 드는 서해"(「군산 앞바다」), 밤새 철야작업을 하고 돌아와 "빨간 눈으로 연탄 불구멍을 맞추"(「겨울 밤에 시 쓰기」)는 어린 노동자의 모습은 고통에 찌든 시대를 생생한 영상으로 보여준다. 90년대 후반에 나온 『그리운 여우』(1997)와 『바닷가 우체국』(1999)은 안도현 시의 새로운 페이지를 여는 시집이다. 서정적 풍격을 그린 짧은 시와 설화적 세계에의 그리움이 혼합된 『그리운 여우』는 '흰빛'으로 표상된 과거 지향의 낭만성을 시화한다. 대부분 기억과 상상에 의존하는 안도현의 낭만적 여정은 『바닷가 우체국』에서도 계속된다. 이 시집에서 그는 "바다가 문 닫을 시간이 되어 쓸쓸해지는 저물녘" "만년필로 잉크 냄새 나는 편지를 쓰"(「바닷가 우체국」)고, "풍경 속에 간이역을 하나 그려넣은 다음에 / 기차를 거기 잠시 세워두"(「이발관 그림을 그리다」)는 아름다운 호사를 꿈꾸며 사라지는 것들에 대한 애정을 표현한다.

안도현의 시세계는 현실성과 낭만성의 비율에 의해 좌우된다. 『아무것도 아닌 것에 대하여』를 포함하여 지금까지 나온 일곱 권의 시집은 현실성과 낭만성의 황금비율을 찾는 과정이었다고 할 수 있다. 사실 낭만성과 낭만주의는 우리 시에서 편협하게 이해되고 있는 대표적인 대상이다. 현실의 무한한 외부를 상정하면서 세계와 자아의 확장을 꾀하는 낭만주의는 자주 몽환주의나 감상주의, 비현실적인 이상주의로 폄하되는 것이다. 안도현의 경우, 그의 시적 체질이 낭만성 혹은 낭만주의에 있음은 처음부터 나타난다. 80년대의 안도현이 거친 현실과 남도의 정한을 뜨겁게 녹여 독자의 가슴에 부을 때, 그 속에는 방황하는 자아의 낭만적 열정이 도사리고 있었다. 그 열정은 불의의 현실을 걷잡을 수 없는 비애와 더불어 세계에 반납하면서 그 빈틈과 바깥을 탐색하는 것이었다. 80년대의 안도현을 현실인식과 미학의 조화를 이룬 시인으로 기억하게 한 바탕에는 낭만적 열정이 중요한 역할을 담당했다. 안도현은 현실성을 전경화할 때는 호평과 찬사를 받지만, 낭만성에 기울어지면서 종종 부정적인 평가를 듣게 된다. 실제로 그의 시의 탄력이 『그리운 여우』와 『바닷가 우체국』에 와서 무디어진 것도 얼마간 사실이다. 뜨거움과 치열함에서 따뜻함과 소박함으로의 변화는 안도현의 초기 시에 매료된 이들에게는 아쉬운 이탈로 비쳐졌다. 일각에서는 그가 대중을 얻은 대신 비평가를 잃었다는 비판을 내놓기도 했다. 하지만 문제의 핵심은 안도현의 변화 자체가 아니라, 그 변화의 내적 맥락과 의미일 터이다. 간단히 말해 안도현은 '낭만적 현실주의'에서 '현실적 낭만주의'로 변화해가면서 현실성과 낭만성의 함의(含意)를 함께 바꾸어나가고 있다. 이는 시대의 변화와 밀접한 관련을 지닌다. 현실성과 낭만성이 비판과 혁명의 열정을 내포하던 시대에서 삶의 섬세한 발견의 기쁨을 지칭하는 시대로 바뀌면서, 안도현은 운명적 전환의 시점을 맞이했던 것이다. 안도현은 어두운 시대를 통과하는 동안 그의 내부에서 들끓던 낭만적 자아를 시의 표면으로 이끌어낸다. 이 친숙한 자아에 그는 사회 현실의 색채를 감하는 대신, 자연과 소박한 삶의 빛깔을 강화한다. 그렇다면 이 선택은 일부의 비판처럼 도피나 퇴행을 의미하는 것일까? 기억에 대한 집착과 낭만적인 환상 속에 안도현은 현실에서 점차 멀어지고 있는 것일까? 안도현의 일곱번째 시집 『아무 것도 아닌 것에 대하여』는 이러한 우려에 대한 답변과, 그가 꿈꾸는 새로운 시의 출구로 우리 앞에 제시되어 있다.

2

하얀 꽃과 달디단 열매를 생산하는 발전소가 있다. '살구나무 발전소'는 살아 있는 식물의 발전소이며, 물질을 생명으로 발전(發電/發展)하는 곳이다. 생명과 장소가 결합된 이 독특한 생체 공간은 생명 탄생의 비밀을 한눈에 보여주는 표본실이자, 안도현이 생각하는 '시'의 은유적 상징물이다. 안도현은 생명을 만드는 자연의 공장과 아름다움을 빚는 시의 공장이 같은 곳이며, 자신은 이 소중한 공장을 지키는 '아저씨'라고 말한다. 생명과 시가 함께 피어나는 '살구나무 발전소'는 부지런한 자연과 시인의 일터이며, 이들이 사는 어여쁜 집이다. 더불어 이들의 몸 자체이다. 발전소가 생산한 꽃과 열매는 세계를 풍성하게 할 뿐 아니라 발전소를 성장하게 한다. 살구나무 발전소는 세계와 자아가 함께 번성하는 생명의 장이며, 안도현이 추구하는 이상적인 시의 모델이다. 시집 『아무것도 아닌 것에 대하여』는 이 오랜 자연의 발전소를 현실의 굳은 시선으로부터 해방시킴으로써 시작된다. 누구나 수없이 보고 지나쳤지만 알아보지 못했던, 푸르게 성장하는 발전소! 그 발전소의 문을 안도현은 살구꽃처럼 환한 상상력으로 연다.

안도현은 작은 것에 대한 각별한 통찰력을 지니고 있다. 섬세한 시선이 진가를 발휘하는 것은 그것이 '아름다운 깊

이' 에 가 닿을 때이다. 흐드러진 살구꽃 속에서 생명의 동력
장치를 찾아내는 시선은 상상력의 거듭된 연쇄를 촉발한다.

그 많고 환한 꽃이
그냥 피는 게 아닐 거야

너를 만나러 가는 밤에도 가지마다
알전구를 수천, 수만 개 매어다는 걸 봐

생각나지, 하루 종일 벌떼들이 윙윙거리던 거,
마을에 전기가 처음 들어오던 날도
전깃줄은 그렇게 울었지

그래,
살구나무 어디인가에는 틀림없이
살구꽃에다 불을 밝히는 발전소가 있을 거야
—「살구나무 발전소」중에서

나무 속에
보일러가 들어 있다 뜨거운 물이
겨울에도 나무의 몸 속을 그르렁그르렁 돌아다닌다

내 몸의 급수 탱크에도 물이 가득 차면

詩, 그것이 바람난 살구꽃처럼 터지려나

보일러 공장 아저씨는

살구나무에 귀를 갖다대고

몸을 비벼본다

—「시인」 전문

　　두 편의 시는 비유의 사슬을 형성하고 있다. '살구나무＝
발전소＝나무(시인)＝나' '살구꽃＝알전구＝사랑＝시' 의 고
리가 차례로 연결되면서, 자연·인간·시의 유기적 관계를 동
일성의 논리로 묶어낸다. 살구나무 속에 "보일러가 들어" "뜨
거운 물이 / 겨울에도 나무의 몸 속을 그르렁그르렁 돌아다닌
다"라는 상상은, 그 바탕에 생명에 대한 과학적 인식과 미학
적 사유를 함유하고 있다. 생명에 대한 미적 통찰력이 돋보이
는 이 시들은 현재 논의되는 생태문학(혹은 생명문학)의 이상
적인 경지를 가늠하게 해준다. 생태문학의 궁극적인 지향점
은 자연상태의 본질적 자아·현실적 자아·미적 자아가 분리
되지 않고 어우러지며, 자연의 섭리와 인간의 삶의 원리·시
의 원리가 하나로 융해되는 지점인 까닭이다.

　　이러한 합일의 순간은 안도현의 시에서는 "～ㄹ 거야"라는
짐작과 "내 몸의 급수 탱크에도 물이 가득 차면"이라는 가정
속에 존재한다. 안도현은 발견의 시선에 포착된 생명의 세계

와 자신을 둘러싼 현실의 격차를 잊지 않는다. 그는 "살구꽃들이 낭비하는 조명탄을 고스란히 받"(「관계」)으며 그렇게 시를 터뜨릴 꿈에 부풀지만, 자신이 온전한 '살구나무 발전소'로 가동되기에는 부족하다고 느낀다. 이유인즉, 그는 자신을 사로잡은 자연과 시의 아름다움을 '헛것'으로 여겨온 때문이라고 설명한다. "저수지에 잉어 뛰던 소리"와 "우주의 이마를 가시로 긁으며 떨어지던 별똥별"을, 멀고먼 '시의 나라'를 아름답지만 허망한 것으로 여겨 경계해왔다는 것이다.

내 문법 공책에 이제는 받아적어야겠다
그 동안 나는 헛것을 피해 여기까지 왔다
너의 눈을 재 속에 숨은 숯불의 눈으로 보지 못하고,
너의 말을 처마 끝에 달린 풍경의 귀로 듣지 못하고,
너의 허벅지를 억새밭머리 바람의 혀로 핥지 못하였다

그래 여우라면, 사람의 키를 훌쩍 뛰어넘어
혼을 빼고 간을 빼먹는 네가 여우라면 오너라
나는 전등을 들지 않고도 밤길을 걸어
그 허망하다는 시의 나라를 찾아가겠다
너 때문에 뜨거워져 하나도 두렵지 않겠다

——「헛것을 기다리며」 중에서

안도현은 '숯불의 눈'과 '풍경의 귀'와 '바람의 혀'를 지님으로써 '헛것'의 실체를 직시하고자 한다. 실제로는 헛것이 아닌 '본질'의 세계를 전등을 들지 않고도 밤길을 걸어 "찾아가겠다"고 다짐하는 것이다. 시집 『아무것도 아닌 것에 대하여』는 안도현이 그 내면의 '밤길'에서 만난 순연한 풍경으로 이루어져 있다. 사물의 내부를 독특한 시선으로 응시하는 안도현은 기발한 착상과 해학적인 유머로 물상의 의미를 산뜻하게 변형한다. 그는 먼저 삶의 주변에 있는 자연물을 바라본다. 그의 눈에 비친 '등꽃'은 "허공을 밟고 이 세상을 성큼성큼 건너가던 이가" 그에게 "들키는 순간" 남긴 '흔적'이며 (「등꽃, 등꽃」), 꽃은 때가 되면 피는 것이 아니라 "때가 되어야 허공이 / 나무에다 꽃을 매달아주는 것"(「산딸나무, 꽃핀 아침」)이고, 목련꽃 위에 내린 3월의 눈은 "자글자글 햇빛이 끓는 봄의 냄비 뚜껑을 / 좀 열어보려다가" "신세 조지게 생"(「3월에 내리는 눈」)긴 참에 있는 것이다. 안도현 특유의 생뚱맞고도 능청스러운 입담과 삶의 깨달음을 담은 아포리즘을 만끽할 수 있는 부분이다. 「벚나무는 건달같이」「석류」「가을 산」「느티나무 여자」「장마」 등의 시에서도 유사한 느낌을 만날 수 있다.

자연에 못지않게 안도현에게 중요한 삶의 원질(原質)은 농촌의 일상과 전라도의 토속 정서이다. 질박한 웃음을 머금게 하는 해학적 입담이 가장 잘 발휘되는 것은 이 부분에서이다.

"거름 더미에 뒹구는 햇살은 거름 냄새가 나고" "오줌통에 빠진 햇살은 오줌 냄새가"(「햇살의 분별력」) 난다는 실감과, "생각하면 / 전라도에 눌러앉아 살고 싶"은 '봄똥'을 솎아 된장에 쌈 싸먹으면 "텃밭 가에 쭈그리고 앉아 / 정말로 거시기를 덜렁덜렁거리며 / 한 무더기 똥을 누고 싶어진"(「봄똥」)다는 갈망은 자연과 인간의 속살이 뒤섞인 전황을 질펀하게 보여준다. 특히 시 「논물 드는 5월에」는 농촌의 일상과 전라도의 풍광, 자연과 인간의 교감이 하나로 녹아 있는 인상적인 작품이다. 그것을 가능하게 하는 매체는 "金萬頃 너른 들"에 드는 싱싱한 '논물'이다.

> 부안 가는 직행버스 안에서 나도 좋아라
> 金萬頃 너른 들에 물이 든다고
> 누구한테 말해주어야 하나, 논이 물을 먹었다고
> 논물은 하늘한테도 구름한테도 물을 먹여주네
> 논둑한테도 경운기한테도 물을 먹여주네
> 방금 경운기 시동을 끄고 내린 그림자한테도,
> 나는 어떻게 해야 하나 누구한테 연락해야 하나
> 저것 좀 보라고, 나는 몰라라
>
> 논물 드는 5월에
> 내 몸이 저 물 위에 뜨니, 나 또한 물방개 아닌가

소금쟁이 아닌가

—「논물 드는 5월에」중에서

　　논물은 하늘과 논둑과 경운기와 농부의 그림자에게까지도 스며든다. 논물이 들어 싱그럽게 출렁이는 만경 들판은 생명을 발전(發電)하는 또하나의 '살구나무 발전소'이다. 청신(淸新)한 들판의 장관은 바라보는 것만으로도 가슴이 먹먹해지고, 마침내 "내 몸"이 물 위에 뜬 '물방개'나 '소금쟁이'가 되는 동화를 경험하게 한다. 생명의 차원에서 세계와의 일치를 꿈꾸는 안도현의 행보는 일단 여기까지 이르러 있다. 다른 한편으로, 안도현은 생명과 자연 앞에서 자신이 '도둑'이라는 묘한 자의식에 시달리기 때문이다. 도둑의 자의식은 열두어 살 무렵의 어느 날 밤, 초가집 처마의 새 둥지에 "잽싸게 손을 밀어넣었던"(「도둑들」) 일에서 비롯된다. 손에 잡힌 물컹한 살의 감촉에 놀란 그에게 자연의 생명체와의 첫 만남은 '거부'로 각인된다. 생명의 실체를 만져본 순간 '밀려난' 경험은 지울 수 없는 정신적 외상(trauma)이 되며, 그리하여 어린 그가 내려갈 수도 올라갈 수도 없이 서 있던 '사다리 위'는 지상과 허공 사이에 위치한 안도현의 내면세계를 상징하게 된다. 이는 인간과 자연, 상처와 생명, 자아와 타자 사이의 경계를 함께 의미한다.

네 몸 속에 처음 손을 넣어보던 날도 그랬다

(……)

세상 밖에서 너무 많은 것을 만진

내 손끝은, 나는 너를 훔치는 도둑은 아닌가 싶었다

네가 뜨거워진 몸을 뒤척이며 별처럼 슬프게 우는 소리를
내던 그 밤이었다

— 「도둑들」 중에서

두 세계의 경계에서 소년이 겪은 좌절은 성년이 된 후에는
사랑의 형태로 온다. 그는 "네 몸 속에 처음 손을 넣어보"고
"나는 너를 훔치는 도둑은 아닌가" 자문하며 슬픔에 젖는다.
'도둑'의 자의식은 "세상 밖에서 너무 많은 것을 만진" 자아
의 훼손 감각에서 발생한다. "生이 상처 덩어리"(「물집」)이므
로, 그것을 만진 자아는 훼손된다. 모든 존재는 생의 상처가
부풀어올라 생긴 "터뜨리면 형체도 없이 사라질 운명"의 '물
집'이다. 안도현은 생의 상처를 입은 존재들을 두 가지 시선
으로 바라본다. 다른 존재들은 연민의 눈으로, 자기 자신은
후회와 반성의 눈으로 보는 것이다. 감나무가 떨어진 풋감을
안타깝게 찾는다는 상상(「늦여름 저녁」)과 "등판부터 구멍이
숭숭 나 있던 런닝구"를 통한 아버지의 고달픈 삶의 성찰(「아
버지의 런닝구」)은 전자에, 마흔이 되기까지 자신이 한 일은
단지 "무게 불린 일"이었다는 자조(「마흔 살」)와 "분노 앞에

서도 핏발 서지 않는 눈"을 가졌다는 부끄러움(「내가 저 여린 싸리나무 가지 끝에 날아가 앉을 수 없는 이유를 아느냐」)은 후자에 속하는 예이다.

비유적으로 말하면, 안도현의 시집 『아무것도 아닌 것에 대하여』는 '살구나무 발전소'와 '물집'의 두 극점 사이에 위치한다. 아름다운 '살구나무 발전소'와 흉한 '물집'은 존재의 두 형상을 극단적으로 대비하면서, 생명력 가득한 자연의 삶과 상처에 함몰된 현실의 삶을 뚜렷이 양분한다. 그러나 '물집' 역시 생명의 발전소의 한 부분이며, 물집이 있어 상처는 치유된다. 안도현은 '물집' 상태의 존재를 '살구나무 발전소'의 생명체로 바꾸기 위한 작업에 돌입한다. 이 작업을, 그는 '낭만주의'라고 명명한다. 한없이 먼 거리를 메우려는 무한한 열정과 수고야말로 바로 낭만주의의 본질이 아닐 것인가? 안도현은 바다에 버려진 '폐선'을 열정과 수고의 대상으로 택한다. 본래 뭍에서 자란 푸른 나무였던 '폐선'은 많은 사람들에 의해 잊혀진 '시'를 가리킨다. 시의 낡은 배들이 뭍으로 가고 싶어할 거라 생각하는 시인은 정말로 배를 끌고 뭍으로 오른다. 그는 현실의 한계보다 꿈을 소중히 하는 무모한(?) 낭만주의자인 까닭이다.

하지만 말이야, 배를 천천히 뭍으로 올려놓는 순간,
그 어둡던 바다도 배도 단번에 환해졌단다

그때 덩달아 끼룩끼룩 울어준 것은 갈매기들이었고

너는 이해할 수 없다고, 바다만 바라보겠지
나는 배를 데리고 갈 방도를 생각하느라
이십 년 동안이나 끙끙대며 시를 쓴 것 같다
배를 분해해서 옮기는 일은 재미가 없을 테고
트럭 짐칸에다 배를 통째로 태우는 건 더 우스꽝스런 짓이지

그래서 밀고 가기로 한 것이다
귓불이 연하고 빨간 아이들이 조기떼처럼 재잘대며 배를
따라왔던 거야
생각해봐, 여러 개의 손들이 한꺼번에 배를 민다고 생각해봐
배도 힘이 났던 거야

국도를 타고 가다가
지치면 미끄러운 보리밭으로도 가고……
배를 밀고 가는 나를 보았다면, 너는
시계를 들여다보며 핑계를 대거나, 미친 짓이라며 손가락
질했겠지
나는 배를 잠시 멈추고 네 귓구멍이 뻥 뚫리도록 뱃고동을
울려주었을 거야

—「낭만주의」 중에서

안도현의 시론(詩論)으로도 읽히는 이 시는 그의 시적 지향을 한눈에 보여준다. '낭만주의'를 제목으로 앞세운 그는 동화적 색채의 알레고리로 자신의 시의 내력과 지향점을 서술한다. 낡은 배를 산으로 데려가기 위해 이십 년간 끙끙대며 시를 써왔고, 배를 뭍에 올리자 배도 바다도 모두 환해졌으며, 배를 밀고 국도와 보리밭으로 갈 때 그를 비웃는 사람들에게 "귓구멍이 뻥 뚫리도록 뱃고동을 울려주"겠다는 말들은 자신의 시가 퇴행이나 도피와는 다른, 무한한 꿈의 실현과정임을 이야기한다. 몇 년 전부터 그의 시에 가해진 대중성의 혐의를 의식하고 쓴 듯한 이 시는 대중성과 낭만성은 동일한 것이 아니며, 시인이란 본질적으로 낭만주의자의 운명을 지닌 존재임을 은연중에 역설한다. 그의 말처럼, 시인은 '시계'의 합리성이 아닌 '미친 짓'의 무모함과 열광을 택하는 존재이다. 하지만 시인의 '미친 짓'의 배후에는 합리적인 세계의 한계를 뛰어넘는 상상력과 인식이 꿈틀대고 있다. "수족관 속 저 도미"의 분홍빛 비늘을 보고 "이 지상에는 없는 복숭아밭이 바다 속에 있"(「도미」)음을 짐작하고, "나보다 오래 살아온 느티나무 앞에서는/무조건 무릎 꿇고 한 수 배우고 싶다" (「나무 생각」)고 겸허한 마음을 갖는 속내에는, 현실의 한계 너머의 세계의 대한 열망이 잠재해 있다. 안도현은 이 열망으로 시의 '낡은 배'를 밀어 벌판을 지나 마침내 '산'에 이르고

자 한다. 쓸모없고 불가능해 보여도 이것이 분열된 시대를 사는 시인의 길이라고 믿기 때문이다. 그리하여 안도현은 허황한 꿈처럼 보이는 것, 거친 현실에 비해 턱없이 연하고 보송보송한 상상이 시를 밀어가는 역설을 다시 '낭만주의'라고 명명한다. 그가 스스로를 낭만주의자라고 칭하는 것은 이런 의미에서이며, 그런 의미에서 정확한 호칭이라 할 수 있다.

3

『그리운 여우』(1997) 이후 안도현의 시는 소담스러운 언어 미학과 삶의 소박한 풍경들에 대한 섬세한 시선을 선보여왔다. 하나의 시적 대상을 안도현만큼 평이하면서도 적절하게 묘파해내는 시인도 흔치는 않을 것이다. 그의 시에는 은은한 정겨움과 짓궂은 유머가 어우러져 있으며, 해맑은 언어와 전라도의 진한 사투리가 무리 없이 공존한다. 쉽게 읽히는 편안함 때문에 단순한 의미와 장치를 지닌 시로 오해되기도 하지만, 안도현의 시는 천천히 우러나는 깊은 맛을 쟁여두고 있다. 그는 순정한 시인에서 질박한 농사꾼, 건들건들한 건달에 이르기까지 여러 빛깔의 자아를 소화하며, 시에 대한 근본적인 질문에서부터 삶의 작은 발견과 고뇌에 이르기까지 다양한 관심을 표출한다.

『아무것도 아닌 것에 대하여』에서 이러한 다양성은 앞서 『그리운 여우』와 『바닷가 우체국』에 비해 훨씬 다채롭게 나타난다. 생명의 원리에 대한 통찰과 자연에 대한 미적 인식, 농촌의 삶과 토속적 세계에 대한 애정, 꽃과 나무 등의 자연물을 묘사하는 새로운 시각, 시쓰기에 대한 자의식과 자아 성찰 등 많은 주제가 어우러져 있는 것이다. 그중에서도 '살구나무 발전소'의 독특한 세계는 이번 시집을 돋보이게 한 중요한 성과라고 할 수 있다. 살구나무를 통해 자연과 인간과 시가 하나로 수렴되는 모습은 안도현의 상상력의 깊이와 따뜻함을 생생하게 보여준다.

'살구나무 발전소'는 우주의 섭리를 응축한 생명의 산실이며, 그와 같은 방식으로 탄생해야 할 시의 모태이다. 즉 생명력을 지닌 이 세계의 모든 존재이고, 그러한 한 존재이며 시인인 안도현 자신이다.

안도현은 자신의 시의 '살구나무 발전소'를 가동할 연료로 끝없는 시의 열정을 지목한다. 자연의 살구나무 발전소가 대지로부터 무한한 물과 양분을 얻는 것처럼, 그는 자신의 내부에서 영구적인 에너지를 이끌어낸다. 추억과 절망과 삶의 환희가 모여 빚어진 시의 열정은 안도현의 살구나무 발전소 앞에 '낭만주의'라는 패찰을 달아놓는다. 그렇다면 이 낭만주의는 안도현의 말처럼 현실의 한계를 넘어서는 도저한 열정을 품은 것일까, 아니면 그의 변화를 우려하는 이들의 말처럼 따뜻한 감상주의에 머무는 것일까?

시집 『아무것도 아닌 것에 대하여』는 안도현이 얻은 대중적인 인기를 걱정스러운 시선으로 바라보는 이들의 우려를 완전히 없애기에 충분하다고 할 수는 없다. 안도현에게는 분명 이들의 우려를 씻어내야 할 과제가 남아 있다. 그의 시는 변함없이 잘 읽히며 쉽고 호소력이 있기 때문이다. 그러나 이 시집은 안도현의 시적 열정과 진정성, 미래의 시의 지향점을 분명히 보여주면서 시력 이십 년에 접어든 그의 시세계의 새로운 도약을 예고하고 있다. 그것은 현실을 비켜가고 망각하는 것이 아니라 고양하고 충족시키는 길이며, 작은 것 속에 거대한 것을 담는 역설의 길이다.

안도현 시의 '살구나무 발전소' 안을 그렁그렁 흐르는 '뜨거운 물'이 그 내밀한 세계를 수많은 살구꽃으로 터뜨려 보여줄 것이다.

안도현

1981년 매일신문 신춘문예에 시가 당선되어 등단했다. 시적 성취에 대한 높은 문학적 평가와 독자들의 사랑을 함께 받고 있는 시인의 시집은 보편적인 정서를 지닌 쉬운 언어로 세상과 사물을 따뜻하게 포착하고 있다는 평가를 받고 있다. 시집『서울로 가는 전봉준』『모닥불』『그대에게 가고 싶다』『외롭고 높고 쓸쓸한』『그리운 여우』『바닷가 우체국』『너에게 가려고 강을 만들었다』『간절하게 참 철없이』『북항』『능소화가 피면서 악기를 창가에 걸어둘 수 있게 되었다』, 어른을 위한 동화『연어』『증기기관차 미카』『남방큰돌고래』와 그 외에『백석 평전』『안도현의 발견』등이 있다. 소월시문학상, 노작문학상, 백석문학상, 임화문학예술상 등을 받았다.

아무것도 아닌 것에 대하여

ⓒ 안도현 2005

1판 1쇄 | 2005년 8월 16일
1판 12쇄 | 2025년 9월 17일

지은이 안도현
책임편집 조연주 이상술
저작권 박지영 형소진 주은수 오서영 조경은
마케팅 정민호 서지화 한민아 이민경 왕지경 정유진 정경주 김혜원 김예진 이서진
브랜딩 함유지 박민재 이송이 박다솔 조다현 김하연 이준희
제작 강신은 김동욱 이순호 | 제작처 한영문화사(인쇄) 경일제책(제본)

펴낸곳 (주)문학동네 | 펴낸이 김소영
출판등록 1993년 10월 22일 제2003-000045호
주소 10881 경기도 파주시 회동길 210
전자우편 editor@munhak.com | 대표전화 031)955-8888 | 팩스 031)955-8855
문학동네카페 http://cafe.naver.com/mhdn
인스타그램 @munhakdongne | 트위터 @munhakdongne
북클럽문학동네 http://bookclubmunhak.com

ISBN 89-546-0033-6 02810

www.munhak.com

문학동네가 펴낸 안도현의 시집들

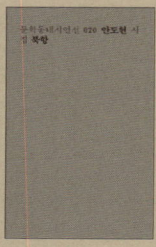

북항
사소한 것들을 향한 따뜻한 울림의 여전함

안도현의 새 시집에서 은유는 적중하기에 실패한 표적으로 자주 제시되나 시는 실패하지 않는다. 그들 실패담이 세련된 문체와 적절하고 울림 많은 리듬으로 쾌적하기 때문이 아니라, 그 하나하나가 현실의 어둠 속에서 작은 빛을 하나씩, 미소한 가능성을 하나씩 확인해나가는 길의 이정표이기 때문이다. 시는 영원한 빛과 날마다 만나는 어둠으로 이루어진다. **황현산(문학평론가)**

서울로 가는 전봉준
마음으로 읽고 마음으로 감응하는 그리움의 시

『서울로 가는 전봉준』에 실린 시들이 우리에게 전해주는 것은 이십대의 청년기를 통과해나가는 시인의 풋풋하고 건강한 삶의 언어들이다. 그냥 마음으로 읽고 마음으로 감응하면 족한 시들, 그것이 바로 안도현의 시들이 아닐까? **박혜경(문학평론가)**

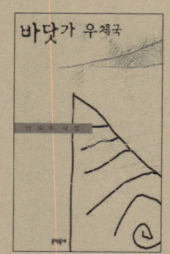

바닷가 우체국
지난날의 추억 어린 풍경들을 길어올리는 시의 두레박

작은 것에서도 경이로움을 발견하는 시인의 따스한 혼이 빛나는 시집. 삶의 곡절을 넉넉히 끌어안는 여유로움과 웃음을 자아내는 익살, 누구라도 편안히 읽을 수 있는 서정적인 세계가 훈훈한 숨결로 다가온다.

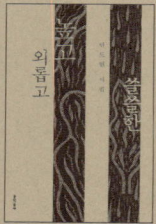

외롭고 높고 쓸쓸한
연탄재 함부로 발로 차지 마라
너는, 누구에게 한 번이라도 뜨거운 사람이었느냐

『외롭고 높고 쓸쓸한』은 시인이 둥글둥글 꿈을 한껏 피워올리는 자리이다. 시인은 추상적이거나 거창한 관념이 아니라 삶의 새로울 것 없는 일상을 쉽고 친근한 일상언어로 들려주는 데서 출발한다. 범속한 일상 속에 시의 뿌리를 박음으로써 삶의 힘을 시의 경험 속으로 끌어들인다.